De rouille et de glace

Manon Bousquet

Dépôt légal : novembre 2017
Copyright Realities Inc.
ISBN : 979-10-95442-16-5
Crédits image de couverture : Shutterstock
Christmas paper card. Winter background with
spruce twigs. Vector illustration by Vjom
Robot Santa holding a present box by Giovanni
Cancemi
modern style interior of fireplace with christmas
tree and presents in white and bright red by Pablo
Scapinachis

Realities Inc.
2 rue des Promenades
22000 Saint-Brieuc

De rouille et de glace

« *D'autres versèrent des larmes sur l'enfant ; mais ils ne savaient pas toutes les belles choses qu'elle avait vues pendant la nuit du Nouvel An, ils ignoraient que, si elle avait bien souffert, elle goûtait maintenant, dans les bras de sa grand-mère, la plus douce félicité.* »

Ageron regarda la dernière illustration disparaître, mal à l'aise. Bientôt, son torse reprit le gris uni du métal. Devant lui, certains des orphelins peinaient à retenir leurs larmes tandis que d'autres pleurnichaient, serrés contre leurs aînés. Décidément, il avait mal choisi le conte du soir. L'androïde n'avait pas pensé que l'histoire serait si terrible pour les enfants. Fen ne pleurait pas, bien au contraire : curieux par nature, le jeune humain semblait plongé dans ses pensées. Ageron attendait l'inévitable question, un léger sourire sur ses lèvres artificielles.

« Mais dis, Ager, c'est quoi, "un arbre de Noël" ? »

Pris au dépourvu, l'androïde ne sut quoi répondre. Il s'attendait plutôt à « C'est quoi une allumette ? » ou à la rigueur « Ça marche comment, une allumette ? », voire « Ça se mange vraiment les pommes de terre ? » Là, il aurait pu expliquer, au moins à peu près, mais Ageron ne savait rien de Noël. Son ignorance avouée au garçon, il se connecta au Galaxynet et projeta le résultat de ses recherches au mur. La petite tête chevelue de Fen se dessina en ombres chinoises, bientôt rejointe par la tignasse tentaculaire d'Isaane, l'aînée de l'orphelinat, une amagne au teint fauve avec des yeux entièrement bleus.

« Pousse-toi, je vois pas », lui grogna son cadet.

La jeune fille haussa les épaules avant de laisser le garçonnet lui repasser devant. L'androïde parcourait la page du regard lorsque Fen lui toqua sur le métal du poignet :

« Alors, tu trouves, Boulon ? »

Isaane lui assena un coup sec de tentacule derrière la tête.

« On parle pas mal à Ageron ! »

Le gamin se frotta l'arrière du crâne, endolori par le bref courant électrique. Il n'aimait pas quand son aînée le frappait ainsi, car d'après lui, c'était bien trop bizarre. L'androïde soupira et ouvrit une page, qu'il jugea presque pertinente, à propos de « Noël – Yule – Fête de Saint-Nicolas – Hanoucca et autres festivités du solstice d'hiver terrien ». Ces fêtes ne paraissaient pas avoir survécu au voyage spatial, comme si la perte du repère calendaire terrien au profit du stellaire avait achevé les célébrations locales. Quel sens aurait pu avoir Noël, un solstice lié à la Terre et au Soleil, pour des nomades de l'espace ?

Sur les images posaient un gros bonhomme vêtu de rouge, un vieillard en vert, un étrange personnage légendé Heimdall et diverses créatures humanoïdes ; la plupart arboraient un air jovial, bien qu'un peu niais. Sur une seconde illustration, des enfants souriaient, toutes dentitions trouées dehors, devant des montagnes de cadeaux, sous le regard bienveillant de parents enlacés. Une vague de mélancolie submergea les capteurs émotionnels d'Ageron ; il tourna un œil électronique vers les deux gamins à ses côtés. Les yeux humides, ils fixaient l'écran, muets. Oui bien sûr, des parents, de l'amour. Tout ce dont ils manquaient. Oh, Ageron les aimait, à sa manière, mais rien de comparable à l'amour de leurs semblables. Sûrement une question de phéromones. Le silence de Fen et d'Isaane attira la curiosité des autres orphelins, déjà attristés par le conte, et l'ambiance sombra un peu plus.

Ageron reporta son attention sur l'écran. Était-il si compliqué de leur remonter le moral ? Il ne pouvait pas rester passif devant leur morosité, ils étaient sous sa responsabilité. Cela allait bien au-delà des trois lois d'Asimov, incluses dans tous les logiciels depuis des siècles. Et puis c'était la période : la lune Éana arrivait à ce que l'on pouvait considérer comme un solstice d'hiver. Dehors, la neige tombait dans les rues désertes, comme sur les images. Oh, certes, leur ville ne ressemblait pas à ces illustrations idylliques, avec son goudron morcelé, ses lampadaires rouillés et les cendres mêlées aux flocons, pourtant Ageron devait bien réussir à en tirer quelque chose.

« Hé, les enfants, si nous fêtions Noël, pour voir ? »

Après une courte explication débordante de rouge, de vert, d'or et de présents, les piaulements de joie le confortèrent dans son idée. Dans l'euphorie, il prit à peine une seconde pour songer combien ce serait dur à réaliser, y voyant plus une source de divertissement. Il ne savait pas où dénicher un *sapin* pour commencer, sans parler de toutes ces décorations. Les cadeaux poseraient moins de problèmes, Ageron connaissait tellement ses petits protégés : poupées, vaisseaux spatiaux télécommandés, jeux vidéo... Il aurait toute la nuit pour y réfléchir, pendant le sommeil des enfants. Ageron prit par la main la benjamine de l'orphelinat et prépara son petit monde à se coucher.

Ancien internat privé, le manoir de l'orphelinat s'étendait sur quatre étages, mais les trois derniers ne servaient plus depuis la guerre. Ses occupants n'utilisaient que quatre dortoirs du premier étage, ainsi que les salles à vivre du rez-de-chaussée. Les portes à battants couinèrent sous l'assaut enfantin, les armées de brosses à dents s'activèrent devant les rangées de lavabos aux miroirs piquetés de vieillesse. Aussitôt la tâche ingrate expédiée, les enfants se réfugièrent dans leurs chambrées, chacun assis sur son lit à barreaux de fer, attendant d'être bordés par les aînés ou par l'androïde. Les couvertures de laine verte grattaient, mais au moins elles tenaient chaud.

*

Le lendemain, Ageron constitua deux groupes de cinq enfants, les dix aînés de l'orphelinat, dirigés par Isaane et Fen – tant pour leur sens des responsabilités que pour leur initiative autour de Noël. Isaane et ses petits soldats se chargeraient du *sapin*, dont ils gardaient tous une image en poche même si l'amagne doutait de son réalisme – car qui avait jamais vu un arbre de plus d'un mètre? En dernier recours, ils achèteraient une plante en plastique, mais malgré l'improbabilité d'un tel arbre, ils voulaient y croire.

Pendant ce temps, Fen et ses protégés chercheraient une étoile pour couronner l'*arbre de Noël*. Leur groupe était aussi chargé d'acquérir les guirlandes et les boules en verre, ce que n'importe quel magasin de décoration leur fournirait.

Avec quelques jeunes enfants, Ageron se rendrait chez les artisans culinaires afin d'en ramener du chocolat, des « marrons » et une « bûche » – même si Fen maintenait que les bûches poussaient sur les arbres. Il irait ensuite composer le repas chez le traiteur, conseillé par le goût sûr de Flomé, un ger dont l'embonpoint devait plus à la forte gravité et au froid de sa planète d'origine qu'à sa gourmandise.

L'androïde s'agenouilla devant Flomé pour boutonner sa parka chauffante, ajustant avec soin les pans du vêtement sur les cuisses du bonhomme.

« Dis, Ageron, tu crois que ça sera comme dans les images ?

— Mais oui, mon petit. Pourquoi en serait-il autrement ?

— Parce qu'on est pas sur la même planète ? suggéra amèrement Isaane.

— Et les parents ? » demanda Fen en ignorant l'amagne. « Il faut des parents pour fêter Noël. »

Le robot rabattit la capuche sur le visage implorant du ger, puis se tourna vers l'humain :

« Allez, chef, ce n'est pas le moment pour les questions. Ton escouade t'attend, mais pas les étoiles ! »

Et de lui dispenser une petite tape dans le dos avant de se relever. Il s'occupa ensuite de l'anorak de Jusse, beaucoup plus grande que les autres enfants. Ses membres grêles lui donnaient l'air d'être toujours sur le point de s'envoler et son torse filiforme inquiétait d'ailleurs de nombreux parents potentiels. Mais ils s'inquiétaient aussi des joues bien rondes de Flomé, inquiétudes sans fondements pour un ger. Lors de la bataille qui avait en partie ravagé la ville, les premiers colons humains avaient attaqué les quartiers des « étrangers ». Ils n'avaient pas réussi à s'excuser malgré la fin de la guerre, et sans doute certains continuaient-ils à garder rancœur aux non-humains, quitte à laisser des orphelins aux bons soins d'un robot vétuste.

Une fois tous emmitouflés jusqu'aux oreilles – sauf Flomé, sinon, il disparaîtrait sous le col du manteau –, ils restèrent à regarder leur gardien. Désemparé par leur attention si forte et par leur silence, Ageron leur demanda :

« Qu'est-ce qui ne va pas, les enfants ?

— On voulait te chanter une chanson de Noël, mais on se souvient plus des paroles… », murmura Isaane, porte-parole de ses cadets. « Pour te remercier. »

Ageron demeura muet à son tour, touché. Ses circuits se rétablirent presque aussitôt :

« Vous n'avez qu'à chanter juste le refrain, il n'est pas très compliqué, non ? Répétons-le ensemble. »

Quelques minutes plus tard, les explorateurs miniatures partaient à l'assaut des rues, dévalant la volée de marches en pierre du perron, des paroles étrangères sur les lèvres :

Il est un petit ruisseau qui s'appelle le Verdon.
Il traverse les montagnes en traînant ses flocons.
Goutte, goutte de neige…

« Mais, interrompit Fen, c'est pas des gouttes, c'est des flocons ! Aïe, Isaane ! »

*

Goutte, goutte d'argent…

Le chocolat ne tarda pas à atterrir dans la besace – et un peu dans l'estomac – de Flomé. Le père du garçonnet avait initié son fils aux meilleures adresses de la ville, et Ageron avait suivi le jeune ger en toute confiance. Les néons multicolores teintaient la neige de toutes leurs nuances, comme les guirlandes sur les images, mais leur mission ne consistait pas à ramener les décorations, et encore moins les lumières.

Quand l'androïde s'enquit d'un magasin où il pourrait trouver des marrons, l'artisan rit beaucoup. L'histoire de la bûche, par contre, le laissa perplexe. Sa main produisit un drôle de bruit râpeux lorsqu'il la passa sur son menton mal rasé.

« Écoute, mon gars, je crois bien que mon grand-père m'en parlait quand il était lui-même artisan culinaire. Je vais voir ce que je peux faire. Je trouve ça chic comme idée, en tout cas, ça a l'air d'être une jolie fête, Noël. Je me demande si mon grand-père ne la fêtait pas quand il était tout jeune, d'ailleurs. »

En marmonnant entre ses doigts, il s'enfonça dans sa boutique et les enfants restèrent seuls, désemparés.

Tassée par l'âge, relativement maigre pour sa race, une vieillarde ger entra dans la boutique et s'étonna de la présence d'autant d'enfants en cet endroit. Ageron poussa Flomé devant pour qu'il réponde, rouge de timidité derrière son écharpe :

« En fait, madame, on est de l'orphelinat. Et pour les plus petits, on fête Noël, vous comprenez ?

— Noël ?

— Une vieille fête de la Terre, de famille et tout. Nous, on doit ramener le repas. Une bûche et des marrons. »

Sa compatriote cacha son rire derrière une main ridée :

« Vous êtes de braves enfants, en tout cas. C'est mignon de voir ça. À mon époque, les petiots comme vous, travailleurs et volontaires, couraient les rues. Maintenant, ils ne pensent plus qu'à éviter de se lever. »

Alors qu'elle s'approchait du comptoir, Ageron rappela aux enfants d'un ton malicieux :

« N'oublions pas que l'on doit toujours chercher les marrons.

— Le Galaxynet dit qu'ils sont glacés, les marrons. On devrait aller creuser dans la glace, je dis, proposa Flomé.

— Ouais, bonne idée ! » renchérirent les autres enfants.

Sous l'œil bienveillant de l'androïde, la marmaille courut aussitôt jusqu'au parc de l'orphelinat pour se ruer dans la poudreuse. Le lac gelé luisait derrière son grillage, les arbres de granit attendaient bien au chaud dans leur manteau de neige.

Goutte, goutte de neige qui se fond doucement

*

Tout là-haut, dans la montagne…

« Avant, c'était plus simple.

— Pourquoi ça, Isaane ?

— Maman m'a dit que dans les parcs, il y avait des vrais arbres, pas des statues filtreuses d'air.

— Des vrais de vrais, comme les plantes en pots ? s'étonna un humain rouquin.

— Ouais ! affirma l'amagne, fière de ses connaissances.

— Alors, tu sais où trouver un sapin ! »

Les tentacules noisette d'Isaane foncèrent, se dressèrent légèrement tandis qu'elle regardait son pied tracer des cercles dans la neige.

« Moi je sais », intervint d'une petite voix la deuxième amagne de l'orphelinat, bien plus jeune.

Tous les regards se tournèrent vers elle, et ce fut au tour de sa chevelure de prendre une délicate couleur châtain et de se hérisser.

« Ageron m'a emmené au quartier… à l'ancien… enfin… au quartier amagne, d'avant la guerre.

— Ah… lâcha Isaane. Y en a, là-bas ? Des sapins comme ça ?

— Hum, hum, pas vraiment », répondit sa cadette après un nouveau coup d'œil à l'image. « Ils sont plus petits. Mais ça, c'est normal, non ? Les arbres grands, ça existe pas *vraiment*, hein, Isaane ?

— Non, non, bien sûr ! Bien, alors, nous te suivons. »

À l'évocation du quartier amagne, le malaise s'était logé dans le ventre d'Isaane, mais elle ne voulut rien en laisser paraître. Détruit lors de la guerre, il ne restait des lieux qu'un immense chantier auquel personne ne voulait s'atteler. Les pierres froides n'intimidaient pas Isaane ; les souvenirs, si. Quand l'école les avait renvoyés chez eux après les bombardements, l'enfant n'avait retrouvé qu'une maison écroulée. Un robot l'avait empêchée de fouiller les décombres. Les secours avaient déjà trouvé sa mère, mais non, elle ne pouvait pas la voir. Alors, Ageron l'avait emmenée. Plus tard, des papiers, un peu d'argent, quelques objets étaient arrivés à l'orphelinat. Pas sa mère.

Isaane serra les dents. Le passé, rien de plus que le passé ! Elle ferma les yeux un bref instant et ravala les larmes. Pour une fois, la présence de cet idiot de Fen aurait été appréciable. Elle rouvrit ses secondes paupières juste à temps pour éviter à un gamin de tomber :

« Fais attention où tu mets les pieds ! T'es infernal, Mob ! »

Elle regretta son ton irrité avant même d'avoir fini sa phrase, sans s'excuser pour autant. Après tout, un chef, ça ne s'excuse pas.

La couche blanche craquait sous leurs pas, les passants leur jetaient des regards intrigués mais brefs. Sous leurs écharpes, ils ne prenaient pas le temps de regarder les petites silhouettes dont les nez furetaient vers la moindre étincelle de verdure. Malheureusement, les enfants rencontraient plus souvent des fenêtres brisées, des toits effondrés. Une avenue leur fut même interdite, en raison de débris d'obus toujours dangereux, d'après l'agent posté en faction. Deux ans n'avaient pas suffi à effacer toutes les traces du bombardement. *Et Noël n'y changera rien*, songea Isaane en tapant du pied dans une pierre qui roula jusqu'à une bouche d'égout.

Plus le quartier amagne approchait, plus les signes de destruction devenaient évidents. Bien sûr, certains habitants avaient déjà rebâti ou restauré leurs maisons, mais d'autres n'y étaient jamais revenus : morts, exilés. Nombreux étaient ceux qui avaient choisi de quitter le coin ou même la planète, quand ils avaient de la famille sur un monde voisin et que le trajet – deux ou trois ans – ne les rebutait pas. Les amagnes représentaient la communauté *exotique* la plus vaste de la ville, et les attaques mesquines les prenaient trop souvent pour cible. Le bombardement avait achevé les meilleures volontés.

Les réparations ne coûtaient pas très cher… pour une seule demeure. Mais dans tout le quartier amagne, dans chaque rue, s'amoncelaient les décombres. La ville refusait de financer les travaux et se contentait de vivoter autour ; de l'extérieur, seuls quelques récupérateurs s'aventuraient dans les avenues désertes. Les rares habitants du quartier logeaient dans des cabanons de débris, regardant leurs enfants s'amuser autour d'obus entiers, jouant à une guerre dont ils ne se rappelaient rien. D'après la livreuse de pain et de lait, les ruines cachaient les squelettes des anciens habitants. À cette pensée, Isaane frissonna dans sa parka tiède.

Personne ne les empêcha de passer, personne ne surveillait les lieux. Le groupe se sépara, sans jamais vraiment s'éloigner les uns des autres, et ils arpentèrent sans un mot les hectares de bâtiments détruits ; les pas d'Isaane la menèrent naturellement dans ce qui subsistait de son ancienne rue. C'était là qu'elle avait été trouvée par Ageron, androïde au sourire figé, aux larmes de code abstraites. Elle escalada les décombres gelés de sa maison et s'assit pour pleurer, malgré le froid et les flocons. Deux ans déjà… mais pour un enfant, pour Isaane, les années ne comptaient pas. Seulement l'absence.

Des appels dans le lointain : les autres la cherchaient. Ageron n'aurait pas été fier de savoir qu'elle avait laissé les plus jeunes livrés à eux-mêmes. Presque ressaisie, l'amagne soupira, releva la tête, ouvrit les yeux et vit un arbre feuillu, dont sortait un bouton merveilleux. Elle s'écria aussitôt :

« Regardez, un sapin, là, sous la neige ! »

En réalité, la plante ne ressemblait pas à l'image qu'Isaane transportait, mais elle était verte et portait un bourgeon blanc ; à peine au début de sa croissance, elle promettait un arbuste vigoureux. D'où pouvait-elle venir ? Trouvait-on des graines sous les décombres ? Ou venait-elle d'ailleurs ? Étrange avec ses feuilles duveteuses, délicate avec ses pétales encore endormis, aucun d'entre eux ne put se résoudre à la déraciner.

« Bon », commença Isaane.

Elle resta quelques secondes sans rien dire.

« On va faire comme si on avait rien vu. Personne vient ici, personne l'abîmera. Nous, on va acheter quelque chose en plastique. D'accord ? »

La brigade miniature hocha la tête en chœur et s'élança en direction des boutiques enluminées. Le cœur allégé par cette découverte, Isaane marchait d'un bon pas, à quelques mètres derrière ses petits camarades. Elle fut la première à entendre les cris.

Il y avait un berger,

*

Qui rêvait dans sa cabane…

Ageron avait déniché de vieilles couvertures rouges dans les greniers ; il les étalait maintenant dans l'ancien salon en prévision du retour des explorateurs en herbe. Par la fenêtre, il voyait Flomé et ses copains s'ébattre dans la neige. Une sensation étrange le secouait ; enthousiaste, l'androïde s'activait fébrilement à recouvrir le sol froid. Il avait choisi cette pièce, plutôt que la salle de détente des enfants, à cause de ce qu'elle recelait : une véritable cheminée, dont la ressemblance avec les illustrations de Noël l'avait vite frappé.

Une fois sa tâche terminée, il sortit, ferma la salle à clef, puis se prépara pour l'achat des cadeaux. Poupées, vaisseaux miniatures… Il lui semblait que Dird avait cassé ses lunettes augmentées, c'était l'occasion de lui en racheter. Peut-être pouvait-il aussi regarnir sa base de données de livres illustrés interactifs ? Le principal était de faire plaisir à ses petits protégés grâce au généreux héritage laissé par ses propriétaires au profit des orphelins de la ville.

Ageron regardait la neige tomber devant la boutique pendant que le vendeur-artisan préparait sa commande – des sucreries, des sucreries, plein de sucreries.

« Mais dites, vous avez beau n'être qu'un tas de fer, j'en sais assez sur les robots pour me rendre compte que vous en avez plus dans la cervelle que moi. Pourquoi vous vous donnez tant de mal pour cette bande de mioches que jamais personne ne viendra adopter ? Les gens vont chercher les plus jeunes, vous le savez mieux que moi. Ils sont trop vieux les vôtres. Et trop étranges. »

Devant le silence de l'androïde, l'artisan reprit :

« Vous n'auriez pas voulu faire autre chose ? »

Oui, Ageron aurait aimé faire autre chose de son existence, à commencer par des voyages, loin au-delà de la ceinture d'astéroïdes. Le testament de ses maîtres stipulait un être en chair et en os pour procurer de la chaleur humaine à ceux qui en manquaient. Mais voilà, personne ne voulait s'occuper d'eux, il n'y avait qu'Ageron, et il ne pouvait les abandonner – et ce n'était pas qu'une question de lois de la robotique. Il haussa les épaules :

« Peut-être que les robots aussi veulent être papas, qui sait ! Bonne soirée et joyeux Noël ! »

Le marchand éclata de rire en lui tendant son paquet. L'androïde inclina la tête et sortit sans ajouter un mot. Quelle idée ! Non, il ne voulait pas être papa ! Quelques circuits grésillèrent d'une gaieté intérieure mais, au fond, Ageron continua de se demander quelle autre raison pouvait le motiver à s'occuper de ces enfants, ses enfants.

De pouvoir voyager.

*

Goutte, goutte de neige…

Fen gisait sur le flanc, entouré par les jeunes enfants désemparés. Son front saignait, et malgré sa moufle plaquée sur la plaie, la tête lui tournait. Il avait glissé sur une plaque de givre, et tout d'un coup, il était par terre, du sang dans les yeux. Les petits pleuraient autour de lui. Il aurait voulu leur dire de se taire et d'aller chercher les décorations, mais à peine ouvrait-il la bouche que l'envie de vomir le saisissait. Il aurait aimé qu'Ageron soit là.

Une goutte chaude glissa sur sa peau bleuie, chut avec ses consœurs en pluie fine sur le sol désormais criblé de vermeil. Rouge et blanc. L'ordinateur montrait les mêmes couleurs sur les images. Se recroqueviller, attendre. Des guirlandes de froid l'enserraient. Plusieurs années auparavant, un hiver, des enfants l'avaient encerclé et battu. Ses blessures avaient guéri, mais les mots restaient enfoncés dans sa chair, et laissé à lui-même, sans Ageron, ils revenaient plus forts. *Ton père rouille.* Les chocs résonnaient comme une avalanche sous son crâne. *Un jour il va tomber en poussière! Ha ha ha ha ha!* Derrière ses paupières fermées, Fen voyait les étoiles qu'il était venu chercher.

« Fen? Fen! Fen, ça va? Mais poussez-vous, laissez-le respirer, vous! »

Petite voix autoritaire. L'air claqua sous la réprimande des tentacules d'Isaane. Fen releva le visage pour voir les gamins se pousser pour laisser place à l'amagne; il voulut lui lancer une plaisanterie, mais retomba aussitôt.

« Laisse-moi voir ça.

— C'est rien », grogna Fen.

L'amagne claqua sa langue, irritée.

« Discute pas. »

Elle se saisit fermement du bras de son compagnon et dégagea la neige de son visage. La plaie sur le front semblait sérieuse, mais c'était surtout les vertiges du garçon qui l'inquiétait. De ses lèvres fauves, Isaane y déposa un baiser humide; aussitôt, les fluides amagniens se mirent à l'œuvre, réparant la chair déchirée. L'instant d'après, il ne restait qu'une fine cicatrice. Fen ferma les yeux, débarrassé de la douleur lancinante et des nausées.

« Alors, tu as trouvé les décorations ? ou une étoile ? lui demanda-t-elle quand il put s'asseoir.

— Bah, tu comprends… Les étoiles, y a des gens qui vivent sur des planètes autour. Si je vole une étoile, ils vont mourir. »

Après une pause, il ajouta en la regardant dans les yeux :

« Mais je crois que j'en ai trouvé une autre, mais je peux pas la ramener non plus.

— Pourquoi ? »

Il rougit. L'amagne rit de bon cœur et prit la main de l'humain dans la sienne.

« Allez, nous devons toujours chercher tes lumières, tant pis pour l'étoile du sapin. De toute façon, on a pas de sapin ! »

Ils empruntèrent la rue des boutiques, dont les vitrines projetaient leurs lumières sur la neige multicolore, qui fondait sous leurs pas. Ses couleurs fuyaient avec elle, scintillant sur un flocon avant de s'évaporer. Le lendemain, il neigerait un arc-en-ciel.

Goutte, goutte d'argent…

*

Goutte, goutte de neige…

L'artisan culinaire éclata de rire. Ageron était venu lui acheter la bûche, désormais prête, et lui avait expliqué son problème de marrons – que les enfants n'avaient pas trouvés dans la neige.

« Je pensais que les gamins faisaient une blague, mais vous ! Allons, ce sont des châtaignes ! De toute manière, vous en trouverez pas en banlieue, c'est trop luxueux. J'ai fait de mon mieux pour la bûche, en tout cas. J'ai même trouvé du vrai chocolat. Par contre, il vient des plantations scientifiques, alors je promets rien pour le goût mais c'est tout ce que j'ai… J'espère que vous allez vous amuser avec les petits», acheva-t-il sur un sourire.

La puce de gestion financière d'Ageron faillit griller à l'annonce du prix. Sans en rien laisser paraître, l'androïde récupéra ses achats auprès du vendeur. L'androïde le remercia chaudement de sa voix glacée et reprit le chemin de l'orphelinat, la boîte serrée contre son torse. L'averse cotonneuse semblait ne jamais vouloir cesser, la neige éphémère mêlée aux cendres quotidiennes des usines. Cette ville morne vidait Noël de son sens aux yeux de l'androïde.

Peu importe, en fait, songea Ageron. *Ça leur fait plaisir, c'est tout ce qui compte.*

Un flocon lui tomba sur le nez. Secoué par un frisson – pas de froid –, il le chassa. Il savait pourquoi il s'occupait de la marmaille bruyante qui courait à sa rencontre, et aucun mythe de vieux scientifique terrien n'entrait en ligne de compte.

Parce que j'aimerais être vivant. Un enfant, même, aux joues rouges sous la neige, comme eux.

Qui se fond doucement.

*

Il se voyait dans ses rêves…

Suivi par une volée de jeunes enfants, Ageron grimpait les marches deux à deux, une guirlande multicolore déployée dans sa course. Après plus de deux heures sous les allées de la rue commerçante, l'expédition de Fen avait porté ses fruits en la boutique d'un vendeur d'antiquités. Le carrelage blanc et noir de l'orphelinat brillait du rouge, du jaune et du vert ; les lumières se reflétaient sur les carreaux, projetées sur les murs en lucioles tremblotantes. L'armée d'orphelins, dispersée dans le reste du manoir, répandait elle aussi les lumières aux fenêtres, aux rampes et aux portes. Les boules de verre ou de plastique ornaient chaque tournant de rambarde ; les feuilles de la plante en pot ployaient sous leur poids ; les lueurs des guirlandes se déformaient sur leurs courbes, où s'altéraient à leur tour des visages étonnés aux yeux démesurés. Vu de l'extérieur, le manoir scintillait par toutes ses ouvertures, même aux étages abandonnés, comme un phare dans la ville miteuse.

« Mille anges divins... chantonnait Isaane en suspendant des décorations de papier.

— C'est quoi un ange ? demanda Flomé en disposant les chocolats sur une assiette.

— C'est comme un oiseau, mais encore plus haut, répondit Fen.

— Quoi, dans l'espace ?

— Ouaip ! » affirma fièrement l'humain.

Il s'approcha plus près de la cheminée, la peau rougie par la chaleur, et ferma les yeux de délice. Bercé par la voix douce d'Isaane, entouré par les enfants affairés, l'orphelinat lui sembla pour la première fois bien plus qu'un toit au-dessus de sa tête.

« Hé, hé ! cria un blondinet. J'ai trouvé les cadeaux ! »

À ces mots, Ageron quitta la cuisine et rouspéta :

« Vous devez encore attendre !

— Mais qu'on les ouvre aujourd'hui ou demain, qu'est-ce que ça change, c'est même pas la vraie date !

— Alors, fais-le pour la vraie magie », répondit malicieusement l'androïde.

L'androïde réussit à détourner leur attention vers le repas, et les enfants ne se firent pas prier pour oublier les cadeaux devant l'inhabituelle profusion de plats. Le traiteur voisin avait cuisiné des merveilles – pour pas très cher, contrairement à ce qu'Ageron craignait. L'entrée simple se constituait d'une salade pâlichonne au gésier de nageurs, et fut vite engloutie. Assortissant du caladrius rôti dans son jus avec carottes et champignons phosphorescents, il avait disposé les plumes de l'oiseau en éventail sur son croupion. L'épaisse soupe de potirons mêlait sa vapeur à celle du pot-au-feu au bœuf et au vanchar ; et comme le cuisinier n'ignorait pas la réticence des enfants envers les potages, il avait ajouté de fines lamelles de courge frites dans l'huile, dévorées avec la sauce au kiwi.

Transformé en flocon.

*

Avant que le jour s'achève…

On toqua à l'entrée. Ageron quitta la table couverte des mets brûlants pour aller ouvrir. Il s'était accordé une tranche de caladrius ainsi qu'un verre de vin, même s'il ne pouvait vraiment les apprécier. Il aimait l'allure qu'il avait avec le pied fin entre les doigts, cela lui semblait la bonne posture. Et puis, en mangeant, il se rendait moins distant des enfants, plus organique. Sous la porte filtrait l'air glacé de l'hiver et à l'ouverture, il s'engouffra dans le hall. Deux silhouettes imposantes attendaient dans la tempête.

« Excusez-moi, c'est bien ici l'orphelinat qui fête Noël ? »

Le couple de gers se dandina jusqu'au salon où l'androïde les invita à dîner. L'homme portait une imposante barbe blanche qui dissimulait presque son veston rouge, trop étroit pour son ventre proéminent. En oubliant sa toison neigeuse, sa femme lui ressemblait beaucoup – comme deux flocons que l'on n'aurait pas regardés de trop près –, et aussi bons vivants l'un que l'autre. Ils rirent beaucoup aux pitreries de Flomé et se montrèrent impressionnés par son histoire de quête du chocolat.

Les plus jeunes enfants déballèrent leurs cadeaux en premier, sous les regards impatients de leurs aînés et des nouveaux arrivants. Des poupées en plastique émergèrent en couinant pour se blottir entre leurs pères et mères de six ans, les premiers chasseurs spatiaux télécommandés vrombirent sous les poutres noires. Les pièces de puzzle plastifiées s'éparpillèrent sous les meubles dès l'ouverture de leur sachet. Dans son paquet, Isaane découvrit une chaîne de bagues à tentacules en authentique zamak ayant appartenu à sa mère. Elle ignorait pourquoi Ageron ne la lui avait pas donnée avec le reste de ses affaires, des années plus tôt, mais elle lui en fut reconnaissante. Enfant, aurait-elle apprécié la finesse du bijou, la tendresse du moment ? Fen restait perplexe devant un boulon, mais Ageron ne le fit pas mariner bien longtemps et lui offrit son vrai cadeau, une compilation des meilleures fictions du siècle dernier. Flomé eut droit à une boîte de marrons glacés – en réalité des chocolats déguisés.

Une fois les paquets éventrés par les petites mains, l'androïde apporta les desserts, non sans une certaine solennité. Il ménagea la surprise en déposant d'abord une salade de fruits à la chantilly végétale, un gâteau moelleux fourré à la crème d'amande, un second garni de sauce à l'erynx, et enfin, la bûche. Ageron lui avait réservé la place centrale : elle trônait ainsi au milieu des plats, sa couche bosselée de chocolat scintillant sous les lumières, ses fraises confites gelées dans son glaçage, comme une reine de Noël dont les extrémités auraient été saupoudrées de sucre glacé doré.

On toqua à l'entrée. Ageron quitta la table couverte des desserts brûlants et glacés. Deux couples, trois, quatre… Une solitaire, un esseulé, un autre couple. Le vent paraissait les pousser à l'intérieur du manoir de toutes ses forces. Chacun apportait un peu du sien, une tarte, un cadeau, un sourire.
« C'est ici que l'on fête Noël ? »
« J'ai entendu dire que les enfants avaient tout préparé seuls, c'est vrai ? »
« Qu'ils sont charmants ! »

Porté par le Verdon.

*

Goutte, goutte de neige…
Goutte, goutte d'argent…
Goutte, goutte de neige
Qui se fond doucement.

Déjà, minuit est passé depuis longtemps, mais elle a eu du mal à franchir le seuil. En quittant l'orphelinat, Isaane agite tendrement la main tandis que la porte se referme sur elle. La jeune femme rayonne, ses valises au pied, ses cheveux tentaculaires bouclés autour de son visage fin. Elle est ravie de partir enfin, d'avoir son propre logement, son indépendance, mais quitter l'orphelinat lui pince le cœur.
« Je penserai toujours à toi, Boulon de Noël ! »
C'était la dernière, ils sont tous partis. Isaane est restée jusqu'à sa majorité, trop âgée, trop étrange, trop amagne. Ageron se console en imaginant ses

petits protégés dans leur nouvelle famille, aimés et entourés d'affection pour leur troisième Noël. Flomé lui a envoyé une lettre après son adoption par les gers en rouge, le premier soir. Fen, recueilli en plein été, est revenu chaque mois voir Isaane, tandis que Jusse a quitté la planète avec ses nouveaux parents après le second réveillon de l'orphelinat. Elle lui a envoyé des châtaignes. Maintenant, il lui faudra aussi espérer qu'Isaane trouve sa place loin de ce foyer, loin de chez elle. Elle a parlé de retourner sur la planète centrale des amagnes, où elle espère rencontrer sa famille étendue.

Désormais, il faut tout ranger. Laver les deux assiettes. Jeter les papiers-cadeaux – Isaane lui a offert une cravate. Sortir les poubelles. Enlever les draps et les mettre à laver. Passer le balai. Plus tard, étendre les couvertures. Repasser, trouver une place dans le placard. Ôter les tapis rouges du salon. Maintenant que les derniers orphelins de guerre ont grandi, le manoir est bien vide. Les services sociaux ne sont plus débordés, ils peuvent accueillir les enfants à leur rythme.

Au moment de jeter l'arbre effeuillé et les décorations dans leurs boîtes, l'androïde s'assied. Le feu ne parvient pas à réchauffer son cœur grippé. Ageron n'a plus de maîtres ni d'élèves. Ageron est seul.

Le printemps est arrivé,
Il n'y a plus de flocons.
Le vieux berger est resté
Sur les bords du Verdon.

*

Ageron redresse la tête : il a omis de ranger quelque chose. Ou Isaane a-t-elle oublié son cadeau ? L'étiquette indique « Boulon de Noël » avec, au dos, une photo de lui-même, où ses anciens protégés lui ont barbouillé un costume rouge ainsi qu'une belle barbe blanche. Tous ont signé, même ceux adoptés au premier Noël. Ageron caresse son menton métallique. C'est vrai que la barbe lui irait bien.

Ho ho ho !

Manon Bousquet

Après des études en archéologie, puis en documentation, Manon Bousquet se destine à la documentation technique et scientifique. Ou aux jeux vidéo en bibliothèque, tout dépend de l'humeur. Elle aime jouer avec les mythes du monde entier dans ses nouvelles et ses romans, que ce soit pour les réinterpréter en fantasy ou les réécrire en science-fiction.

Du même auteur

Invisible,
Anthologie « En attendant l'Apocalypse »,
éditions Nostradamus et Les Netscripteurs (2012)
La fable du dragon et du rat,
Anthologie « Si ton péché m'était conté »,
Faëries Legends (2014)
Le khamsin des dieux,
Anthologie « Ce signe apparu en ville »,
Val Sombre (2014)
L'automate au cœur rouillé (pépin),
Géante Rouge n°22 (2014)
La fête de l'homme mort,
Gandahar °3 spécial 24 heures de la nouvelle (2015)
Science-fiction : quand les scientifiques réalisent les rêves des auteurs, Mots & Légendes n°9 (2015)
Entre les racines du banian, Tombé du ciel,
Piments & Muscade n°22 (2015)
La symphonie des dragons,
Éveil n°4 : Éclosion, association Transition (2015)
La peau du fennec, Anthologie « Rêves d'Afrique », éditions Voy'[el] (2016)
No past, no Future, no Proust,
Anthologie « Quantpunk », Realities Inc. (2016)
Entrechats de mercure, Anthologie « Pièces de puzzle »,
éditions HPF (2017)
La fable du dragon et du rat,
Anthologie « Réalités volume II »,
Realities Inc. (2017)
Danseur étincelle, Anthologie « Malpertuis VII »,
éditions Malpertuis (2016)
Du bout des doigts, Anthologie « Blessures »,
éditions Flammèche (2017)
Noir freux et blanche laie, Brins d'éternité n°47 (2017)